U0606376

那夜下的你

朱定局抒情诗集

朱定局 著

作家出版社

目 录

红颜

一次澎湃的撞击
红颜
你在黑暗的丛林中与雨滋生
一点点的光明
便能让你春色宜人

一次偶然的天意
红颜
你在熟悉的路上
遭遇一个陌生的灵魂
从此你用眼睛去听

一次痛苦的伤口
红颜
你在恐慌中
用时间的巨手接受
以后你有了女人的自由

一次畅快的话语
红颜
你那羞涩的颜容
在飘扬的烟雾中
化作彩霞不再在人间中

夜

夜
撒落在这片尘世
一颗种子
足以遮住
茫然的心

他悄悄地行走
察看行人的足迹
没有汗水
没有泪水
只有干涩的笑意

夜
静悄悄地把他的梦放入星空
此时两只手
牵着走过
人生的一段路

许多记忆
因此起伏在穿梭的车间
但记忆里的是寂静的乡间

夜
蒙住了所有生灵的双眼
梦
由此出发
由此美丽

走了

走了
走了
她在云彩中悄悄地挥手
把一滴泪
滴进了干涩的眼里

轻轻地
杨柳飘过了
一丝柳絮
荡走了多少情的离　爱的断

远了
远了
那蓝蓝的天
白白的云
在记忆的呼吸里

六月新娘

六月
捧着花的季节
新娘
捧着季节的花
走过梦的河湾
羞涩
催生着成熟
滴落的唇红
臊了六月
两个
春季的游客
欣喜地携手
将六月藏入生命的深处

陪伴

指着蓝天
猜测星的流向
将共同的心愿
放入羞涩的瞬间
凉爽的风里
两只手
有着共同的振幅
抛向过去
抛向未来
握紧在现在

调子

忽远忽近的
声波里
红尘从心上抖落
带入了
另一个空间
没有重力的灵界
在这里
自由
是翅膀的渴望
飞翔
是自由的理想

雨

你洒落在梦的边缘
无力诉说昨日的尘烟
翘首的眼神
延伸的影子
都在雨中默默
惦记着一份前世的姻缘
谁说你不是我前生的爱人
谁说我不是你前生的真情
那一刻
这一刻
同一场雨
下在不同的世界

爱不容易

当她扬起长长的河流
谁的影子曾经在这里停留
当水静悄悄地流走
又是谁的影子被溶在其中一起流走

这静悄悄的夜
不停地敲打着爱的船
波涛永不厌烦地重述
曾经的欢笑与泪水

说不容易只是那青青的杨柳
过了那个季节
化成雨中烟
飘落的方向总有一双眼痴情地望

牵挂

她轻轻的牵挂
挂在无人的屋下
哪里来的笑
把她惊醒
便开始数落树叶
这是明媚的春天
却也有黄色的落叶
它来自她的眼里
飘入她的心中
慢慢地我习惯了这枯枯荣荣的一切

过去

同一首歌
同一个轻盈的美人
唱在不同的时空
过去已成为背影
在冷风的夕阳下
怅怅地拖曳

曾经的温存
休了
如今的夜空
寂寞
凉凉的晚风
透过心
直扎灵魂

路
断了
云
散了
爱神的箭
折了
天仍是天
地仍是地
但春秋不再

夜行人

走
在无人的路
夜
慢慢地充斥
心
无处藏身

这没有鬼魂的城市
太多的灯光
让星月不得安息
我让影子牵着过去
从快乐处走向心伤处

小雨

小雨
飘在街心
红尘渐渐平息
我松了一口气
呼吸了一下雨中的新鲜空气
但空气中依然有股尾气
雨太小
但天上哪有那么多的泪
淋在我的身上
感到了情人和亲人的咸涩
他们正在遥远的地方写信
他们写一下　望一下空中小雨
他们擦了擦红尘中的双眼
看不见雨
雨在哪里
他们闭上了眼睛
我也闭上了眼睛

赏月

你抬头
我抬头
月儿挂梢头
夜幽幽
情悠悠
突然月儿眼中舞
不是嫦娥
不是梦
只见你跳下月儿飞向我

缘

茫茫的尘嚣
茫茫的人群
跋涉的影子
一次次出现又消失
梦来时
梦走时
一切如春夏秋冬
生死无常
何谓爱情?

然而她
在春风里悠悠地俯视
遇上了他夏夜中遥遥地仰视
唯一的感动
陌生的心跳
不可替代　不可避免地
他慢慢升空　与她共舞
在长天

爱的就是
这风这雨这月这夜
她在这风雨之夜
裹着一身睡意

藏满了
她的思恋
他的思恋

她
被他装进眼的无限近处
随着他的爱起舞

下雨

这夜
静寂地沉
无力地匍匐在这满是生灵的人间
将往日的碎片一点点串起
却被从天而至的雨化作泪
雨——他不喜欢你
你的浪漫只属于热恋的情人
雨——他不喜欢你
你的优雅只属于散步的开心人

这路
没有尽头
弥漫的烟尘窒息的尾气麻木了灵魂
开始快乐地行走
因为忘了痛苦的含义
却被不期而至的雨重新洗出伤口
雨——他恨你
你的清凉只属于没有伤口的人
雨——他恨你
你的朦胧只属于有憧憬的人

柔和七星

那个方向
不变的北斗
七星
守着
苍穹的北方
一心引导迷路的人
北斗七星
不屈的柄
亘古不变地指着前方
破译心中密码
爱
在勺子中柔和地荡漾

朋友

让我为你心痛
陌生的朋友
这黑黑的夜
让我看见你黑黑的眼眸在深处闪动

有时生活像矛　理想像盾
将我们苦苦相逼
痛苦的改变
总在最后时刻
黎明前
一个孩子的梦总是最香

我幽幽地行走
如同你
在熟悉的陌生的人生
一切如同翻版
却痛得心彻

我默默地注视你
如同注视星空的孤独
我知道在那遥远的地方有个遥远的期望
大都是一辈子的距离

下雨，阴天，残月

雨笑着从天堂里来到了人间
被我用手接住
我们成了朋友
一起与红尘怒视
我脱光衣服
站在雨中用泪用汗交流
让红尘没有藏处

雨的心衰竭了
如同我的心阴了
整个天地灰蒙蒙地呻吟
那浮华的音响和色彩
把天际染黑了

白天就这样被我哭完了
我开始坐在月光下写诗
月光太昏暗
我只好往上飞
飞近月亮
她和我一样的残
她就是诗　在我的眼前　在我的心间
我丢下笔与纸　抛下人间

谢谢

我用头点击着大地
谢谢它给我的食物
让我快乐地行走
但也让我肥了又瘦

我用手抚摸着蓝天
谢谢它给了我双眼
让我看尽了繁华
但也让我看透了自己的伤口

落叶

他没有找到灵魂的归宿
他的灵魂仍在漂泊
当他在这繁杂的路旁而过
与一束花牵了手
他把它高举在头
当夜来临的时候
他失去了眼目
开始用心思索
当黎明来临的时候
他因害怕目光的炽热
而埋葬失落

他就这样飘啊飘啊
忘了来路
也不知去路
在茫茫人海
轻轻仰望
朗朗的天

等待

等待
梦的终结
将士启程
扬弃不可避免的尾随着梦的延续
白日梦成真的时候
应当睁大双眼
不让错过的再错过

夜

一片云彩
一片云彩
一颗寒星
一颗寒星
在哪里
在哪里
如此的安静
如此的安静
走到哪里
走到哪里
这夜
这夜

幻觉

明亮的烟
寒冷的火
酷热的冰
黑暗的光
我甩甩星河无力地说
几千年
没有了

露痕

露 冰寒的
那隐隐的痛
映着天际的朝霞
撕碎了昨夜的梦乡
两个世界的切换
归来的路
找不到了
失落 迷茫

痕迹
在露滑落的瞬间
被她爱的人的眼眸拾起
读懂
读破
读透
蕴涵的真理
两个世界的心灵
在一个世界中深呼吸

放飞

我放飞思的霞光
在深夜的角落
抽泣
孩子的笑成了遥远的星辰
我问
天与地
只有深沉的雷
惊醒的已经醒了
却无力拨开黎明
我的爱
我的恨
我的有
我的无
我的人
我的心
都在顷刻透彻
又在顷刻漆黑

流泪

他流着泪
走了
望着天空
一片黑　又　一片白
这失落的世界
被他装入
慢慢地抚摸
发现他苍白的灵魂
如此地寂寞
如此地枯萎
他试图浇灌
却总让他的汗他的泪烧得你无法逃避
他看见了更多的泪
你的　我的
这整个世界
除了泪水不再存在

祈祷

跪在天底下
仰望
幻想中的神灵
将懦弱扶正
消散的意志
祈求雨露
冷却浮躁
在颓废的墙角下
挖掘锈迹斑斑的遗物

悲痛

悲痛
逼迫着魂
夜的呼吸
从未急促　但除了今夜
黑色的泪
不再清澈
那是涩的凝滞
与苦的缠绵

回来吧

碎了弦
段落的截断
恍然失去
无法寻觅
脆弱枯萎了
没有颜色的忧伤
苍白
没有了救治的企望

回来吧
只要你轻轻一弹
一切会跃然

回来吧
只要你淡淡一眸
冬天便有春天的阳光

回来吧
只要你慢慢一抚
可怜的人儿便可复活

爱到深处

茫茫地仰望
西天的落阳
叹息归去的无情
凄凉在世人的冷漠中
匆匆走远

说不出的情
一排排地向我挤压
我开始全身心地拥抱
让它们将我碎成浆
淋漓地感受悲伤

深处
望不到底
总觉得明天再也不会有阳光
希望世界末日
将此情此景定格

看

躺在云端潇潇雨
一处黑云一处晴
无眼更比有眼好
不看尘烟不看蝇

九月天

九月天　清清爽爽的
挥洒下铺天盖地的黄
波涛汹涌而至
在中华大地的
山水上　随心所欲地抚摸

月色
清醇了那秋风
我饮下　品尝
清凉入骨
如诗般温馨
全身的激情宣泄得淋漓
看　那一尾流星

踏入星河
中间含着大黑洞
我把身躯插进
看到女娲多姿多彩地舞;
白云飘! 天已经补好!

我哭了
把千年孤寂　和
一身热血调成酒

献给她
如燃烧的冰
她抱着我呓语：
我们天破时分手
现在天合了我们重新再来！

可是　这个行么
她是神仙　我是人
我跟她说：等我。
我自杀了
把灵魂抛近那黑洞
飘荡着
爱神在喊：
你干吗？女娲已经
下凡做人。

我箭步冲上给了爱神两耳光
大雪擦过我的脸颊
冬！

冬

在听着
在看着
在沉思着
在哀悼着
在抽泣着
整个生命
陷入了苍茫
轻轻地
流过命运的指尖
玩笑
开过上帝的眉睫
风呼呼地
刮过
冬天的逼近
闭眼想象哆嗦

没有秘密

丛林里
夕阳扯曳着最后的光芒
树的影子
惬意地拉长
害怕刺目的生灵开始蠕动
影子的空隙关爱地注视
它们毫无保留地爬过
它们的头
它们的足
它们的须
也成一个个微笑的影子
在夜的前夕
没有秘密地欢畅

爱神

风在窗外脱光了衣服跳舞
她的灵魂与身体脱臼了
时光梦遗时她正在把他的花拿去喂狗

梦醒了，被子湿了
她躺在床上，血从她的心中流出
他把千古的鬼神都扭成了一条绳
一朵花被风羞得乱窜，卡在绳结了

花哭了
她的眼湿了，唇湿了

秋

你悄悄地藏在夏的角落
把落叶吹起
那一份往年的情思
却被落叶埋起
我深深地叹息
因为你的哭泣
我深深地迷茫
因为你在红尘中的失望

飘

飘飘地
她来了
玫瑰开在她的眼里
月儿含在她的嘴里
星星藏在她的心里
她把他轻轻地放在她的手里
他轻轻地飘入云里

风花雪月

记忆仍在流淌
只是颜色已经褪去
岁月依然活泼
只是他已不再年轻
风花雪月的古树下
当年的影子被他一次又一次地抚摸
然后带入梦中
重温

扬帆

路
在月光下铺在海里
我知道那是鹊桥
谁说它只是为了牛郎织女
一个人的召唤
二个人的寂寞
三个人的扬帆
生活就是这样
总有无私的水手
我偷偷地看了看父母那苍老的手

叹息

他深深地叹息
似乎响彻整个天地
却悄无声息
他深深地叹息
在这片无人的境地
却如此地嘈杂
他放下一滴心灵
在路旁
却顷刻遗失
为什么有人盗窃
为什么有人抢劫
为什么有人见东西就捡
他深深地叹息
把期望放入心里沉睡
迎着夕阳
他深深地叹息

梦飞

我飞在云端
雨的色彩把我的心失落
千百年的想
洒在这人间的某个角落
人太多
冉冉的红日
转眼间燥热
崇拜也罢
诋毁也罢
总有日起日落
夜深了
水明了
月儿媚了
一点娇态
两点梦思

遗弃

让清风漫过
一点点沉默
醉去的岁月不再鲜艳
一切都被锁进了一个期限
没有记忆
简直是一种奢侈
把痛和非痛
遗弃

寂寞

把逝去的岁月打造成
一只孤独的船
在无人的季节
让它自由地航行
再也不束缚
再也不安慰
只想将寂寞酿成午夜的泪痕

就像风筝
被放时
没有了方向
只有风的锐耳
当风碎断了绳索
那所有的牵挂不过是一丝烟云

这温和的世界
这暖洋洋的春风
他就像那云
只有单纯的孩子会天真地仰望
当她懂得多了
便开始低头走路了

情为何物

天在风的尽头
吹灭了一个个幻想
在朦胧的眼中
看清了然后抛弃

这水
清澈的凝视
让人无暇去想爱的真假
当晚色来临时
方迟疑地
走入无人注意的一方

触摸

那是一个多么美丽的梦想
曾经让儿时的目光如此闪亮
它越过了天与海　越过了梦与家乡
在跋涉里
却逐渐懂得了人生
懂得了黎明
追求着的是进步还是退缩
是纯洁还是堕落
当红尘的繁华再次被照亮
他擦擦眼
望着远方我触摸不到的太阳

毁灭

压抑着
云的心伤没有出路
雷撕破灵魂的皮
电割断心灵的脉
从地平线处开始切割
风开始逃亡
雨开始痛哭
整个天地成了一片汪洋
湮灭一个个生命的足迹
彻底浸透
彻底摧毁
那浮华
那红尘
那燥热
那一些虚荣和外表

身在红尘

没有红尘的饥饿
在山的阴暗处匍匐
远远的身影
曾经延伸着希望的种子
当初的豪言
在门的开启中渐渐消失
最终的失望被埋没在一片觥筹交错里
只有深深的叹息
于夜的渺茫处无限地散开

大海深处

我在大海深处
仰头
望到的从眼前静静地流
留下的一千年不变一万年不朽

我在长空高处独游
这没有人的境地
我把自己放近了心的深处
等我睁眼时仍在海的深处

空白

每天用朦胧填补空白
再没有往日的一切
纯真的影子
憧憬的历史
都已被放入冰箱

淡忘

淡忘的记忆
如潮水侵蚀梦乡
不能忘记的往事
却也偷偷视而不见
我用它转起年轮的残
总是幼稚可笑
总是故作哀叹

读《红楼梦》有感

受己不停反抗
给己不再幻想
来来往往都没有上下
飘荡的红尘无畏地歌唱
这没落的认识燃起了腐朽
重新看时
护岸的人儿不过是梦里飘出的香

庸俗

这是一种无声的灭亡
所有的头颅吹响了求生的号角
没有意思的宣判
一切早早收场
还没有日落
也没有月光
只有成片的云彩
那么华丽　那么夺目
自习室的窗外
几个女孩正在可怜巴巴地期待

观春色图

记忆突然笑了
江一定疯了
无边的波浪刷在吮奶的嘴边
最温馨的脸贴在心底
不能忘记
曾经得到的也许会失去
现在关山的看门人正在瞌睡
春色
造就着一切遗憾与哭泣

安葬

我静静地闭
我的双眼
我的魂魄
我的心
我推开窗户
我装进自己的灵体
丢出去

我在这个无声的夜里
所有的安葬都在同一时刻助兴
这无声的哭泣
来自那片曾经被我深情抚摸的草层

心如刀割

当他走在没落的路口
当他忘记了过去
当他把人生和女人放在一起
当他假想着筋骨的背叛
他
心如倒戈
他要杀
他尽爱的背叛
他要杀
首先杀死自己
因为他不忍心让自己的爱人死在自己的心中

浩大的风

这风
从天的顶点出来
向他的头顶吹来
顶住他的喉咙
他挣扎地行走
一个影子悠悠地飘过
一个车子呼啸而过
他知道它们不是灵魂就是现代
抑或是他心中的神
他怔怔地穿过这浩大的风

偶然

这世界没有偶然
偶然只是撒谎
情去时
爱淡时
方知真假
别说这是偶然
这是偶然的相遇
但不是偶然的结束
这世界没有偶然
只能把心放在被窝里冷冷地悲伤

女人万岁

女人
这么性感的叫声
是否可以跳动你不安分的心
女人
在你用身体与灵魂将男人从杀戮中救起之后
你开始把男人养成了驯顺的宠物
女人
没有谁妒忌你的美丽
因为你把美丽给了男人

寂寞的纯洁

当纯洁寂寞
当纯洁找不到归宿
纯洁开始面临诱惑
火辣辣的暖洋洋的
他说她说
多么地美好
多么地热闹
多么地新潮
她说他说
大家都如此

寂寞
寂寞
当寂寞忍受宰割
只有纯洁能与他相伴

纯洁
纯洁
只有耐得住寂寞的人
才能把纯洁作为自己生命的赌注

等待

这是一种等待
无为的等待
等待往往是无力的
但等待让生命得以生存
每当她从梦中哭醒
方知什么事更残酷
她于是睁着眼睛等待
她相信云会飘到她的心里来
她相信
不管它有没有未来

下一个传说

那众多的记忆
在他们的眼里
不过是下一个传说
在时空的粘连下
私通了无数的黑色
当一次次原谅之后
上帝的宽恕成了一种借口

理想

他是死人
他也有理想
他入土了
理想没有入土

冷风
冷雨
冷雪
冷星
不停光顾他的坟头
他什么都有
有天　有地
但他闭上眼后
他什么都没有

他望了望
自己的影子在云中
不过是条狗

"你有理想吗"
我问他
他痛苦得说不出口

电话的寂寞

这是电磁波
穿透了距离
没有距离
一个个匆匆行人为了什么匆匆
没有距离而过
却转瞬远去
这陌生
陌生的距离
在熟悉的影子间无限地裂大

我拿什么回报你

你无私地哺育
一个个季节流去
望着远方的春色
被冬的景象所迷茫

跋涉的少女少男
倾诉给寂寞
朦胧月色
照亮了思念
那一边
似在眼前
实在天边

白白发丝
卷起丝丝凉风起来
这里已经没有了世界

春天被遗忘

春天
被遗忘
早耕的人们
背井离乡
一个个闯红灯的老乡
一个个叫卖的老乡
望着远方
熟悉的影子
冷漠擦过身旁

过去

过去躺在儿的怀里
熟睡的岁月
失去在茫然的炊烟后
擦擦眼
几声呜咽
干巴巴的手
记录着一个个结
生死结

拾取

当我把手伸向影子的深处
我挽住了过去
拾取的记忆
从眼前
默默流过
心中流出的泪水
击破了这不乱的时刻
我再也无力看清过去

走

走
去那里
路的终端
把所有汇聚的期盼目光打结
在那一刻获得解放

走
去天上
那里无数的灵魂
正在世世地期盼
莫忘了死前的话

走
去没有人烟的地方
看人烟
了结
真和假

方向

多少刺耳的叫
我讨厌
那炫目的灯火
让我麻木了视觉

一个婆婆
追着抢劫犯
我束手无策
抢劫犯跑向南方
婆婆追向北方

我总在试图辨认
方向却在一处拾起
另一处丢下
最可恨
不知家在何方

手

这是一双禀赋的手
曾在天神的期盼里
它的指向
被天神扶正

这是一双诱惑的手
曾抚摸过水的温柔
它的昨天
被今天束缚

这是一双被锁的手
曾想博取自由
它的放弃
成了永远的错

春心荡漾

春天
寂寞地等待着
花
惴惴地探望那一个个赏花的男孩
那个心中的骚动啊
染红了水中的云彩
来了
来了
一个个风流倜傥的青年来了
开了
开了
这花那花所有的花都含羞地偷偷张望

断翼天使

夜
在屋檐下低低地悬挂
翅膀
在夜空里挣扎
一半刺入爱的心脏
一半托着灵魂飞翔
翼
断了
天使凝视着苍天
哭了
蜷曲着
在梦的被窝里
揉着云的色彩
但接着她笑了
张扬着
舞蹈着
用狂风暴雨在天上书写着
她疯了吗?
疯了!
上帝说她疯了
爱神说她疯了
她没有再哭
也没有再笑

她用爱的回忆和憧憬
吻着
那两半断翼
在无人理解的孤寂中
期盼

赏雪

雪儿
你飘飘
飘在美丽的梦里
抑郁的天使用折断的翅膀诠释
天空忽而地蓝忽而地黑忽而地刺眼
是你将泪化作雪花
遥远的人啊
你在哪里祈祷
遥远的魂啊
你在哪里再生
当夕阳攀升在一片繁华的街头
昔人一曲
长叹无数
千百年的雪儿仍在倾诉
无始无终
却始终在一个梦中
雪儿啊
带我舞吧
舞向那没有烟尘的地方
雪儿啊
当你一片片飘入我的心中
把我的燥热融进
我也进入了你的梦

今夜没有她

夜
静悄悄地覆盖着他黝黑的眼
望的方向
有她的影子
飘在空中
月儿今夜很圆但很远
她与他交织的目光
和月光是同一个方向

她来了

她在远方
如一片云飘进他的视线
他已经白发苍苍
只剩下一颗憧憬的空心
这心从儿时仰望的星空中摘来
放在干涩的红尘中渐渐窒息
在看她的瞬间突然张开
呼吸她身上的香气

她是一片云
来了还会去
他滴下最后一滴泪水
苍老的眼泪在月光下蒸发
追随她的影子而去
他相信那是天堂
那里有她的舞
他要为她的舞写词作曲

她不乖

天空黑了
路途在夜色中消失了
迷茫的孩子
双眼望着远方
不变的方向
朝着那灯火闪烁的地方
那是她的爱
她屈下双腿膜拜
但她没有前移一步
整个晚上就这样
这个不乖的孩子
吻干了一天的尘埃
却不回到爱的身旁厮守
却远远地看着
让泪水
静静地淌着

仙女

美丽的仙女
手在空中空空地握着远古女人的冲动跳舞
美丽的仙女
脚踩着一片又一片的热土
总是在找到归宿的时候又失去
最后忘记了自己要找什么
把自己看成残缺不全的花朵
她的美丽
让男人放弃了很多追求

乱写

我在创伤上泼墨
乱写
一份伤痛
两份遗憾

我向天空中指点
乱写
人间的迷茫
人间的悲欢

我到大海里寻笔
乱写
春的风骚
冬的深沉

我用你我的心灵
乱写
你我的誓言
你我的缘

乱写
在梦里
巍峨的山巅

万丈的深渊
一笔笔都流着情
流着泪
从山巅滚滚而下
从海底咆哮而出

落叶

我仍立在石子路口
守望着你的离去
千百年来的风
吹落了我又吹绿了我
可惜我的思念从没有留住

圣诞夜

这个圣诞夜
我望着远方
一个个愿望流过夜空
落在一个人的心上
当风吹过冬至的脚步
雪花成了一道美丽的窗纱
突然看见一个影子
一个时时穿插在时空中的影子
从远方飘来
天堂里的声音回荡在梦里

给心找个家

影子慢慢地行走
在寂寞的小路
太阳慢慢被乌云遮住
影子失去了自己
憧憬的双眼满是疲惫与悲伤
重新寻找　重新期盼
风来了
雨来了
美丽的影子在风雨中摇曳
婀娜多姿
鸟停下来看
在她的肩头歌唱
云不再飘动
把她的心放入怀中飞翔

无形

心
放在
触不到的地方
只有魂
能把它
抛上天
展示给能读懂云的眼

脆弱
经不起风吹
希望的泪　咽下
那一把伞远远地举
想罩住你　你想被罩住
无奈
天
地
两茫茫

愁绪
黯淡了花朵的色
藏不了　香
远远地望　无需闻
思念

醉在扯不完的近
跟前的
不是幻影　何异幻影

真情
深藏失望的凄清
渗透
堕又不堕的
远又不远的　近又不近的
爱又无法爱的　恨又恨不成的
无形

等爱

洒上一片真情　在望天的眼
把寄托放在缘上
幻想真的纯的痴的恒的
季节就这样从花层里穿过
燕子来了　知了来了　大雁来了
缘也似乎来了　却总被时间诱走
等待　是快乐的　因为盼头
梦写着情书
给谁？
流水的影子里捞不出
总不能给忙忙碌碌的鱼
等吧
答案总会有
在老人靠着夕阳的时候

错

误会扒了灵魂
恋爱哭了浮世

来了　走了
无情　无奈
命运
就这样诗意地错

日子

日子像流水中月的影子
爱的笔画是绕在我家时钟上的她的长发

泪酒高歌

泪
擦过梦的边缘
祭着离
这个男人　找不到　哭的感觉
只有心酸　挂在河边扬扬的柳
这个男人　找不到　爱的感觉
只有茫然　淌在山腰的小溪
难醉
把酒高歌　忘记的一秒爆出了纯真的笑
把心吊在爱的背影里　掷去最后的一滴
地上滚着浓烟　刺着自卑　刺着莫须有的名
在水连天的溅中　高叫"不"

诗的原始

"呃嗨"
"呃嗨　呃嗨"
"呃嗨　呃嗨　呃嗨"
原始的诗　深沉的诗　拖在　弯弯的山　快在
　一口气的息
压扁了　踩烂了　唯一的盼——遥远的返
岁月　平视着　不变的天
深深的地下　深深的叹息　践　践　践
秋天无意的落叶

"窈窕淑女　君子好逑"
原始的诗　人性的诗　　感在　性的柔柔　泻在
　凝凝的视
黏滞着　漠茫着　爱裹在封闭——无需天堂
月亮　转了　转了　忘了　忘了
孤独了世界
去了哪里

"俱往矣　数风流人物，还看今朝"
原始的诗　霸道的诗　憋不住爆
噪　噪　噪　仰望长天
无眠的夜　燃着火
把流倒挂在未来　怒了红尘

断了
亏了多情的夜
长长的烟斗　续着　缈缈

凭吊灵魂

爱　挂在树梢　任凭风的吹
落在　海的空里　凭吊
红尘的泪　飘洒着无奈　真不过是　沙在眼
揉揉地一转　又是清明
黄叶飘起了　上帝的言
痛与爱的选择　希望总被平庸、自卑、渺小、丑的
　表与心碾碎
宏图大志　弃了　在半夜的梦中哭　哭碎了心　也
　不解
等待　命运的遗
准备　命运的践
黑发——唯一的资本　又能顶得住　几多月圆月缺
骗天　骗地　骗自己
一个活的理由　一个爱的理由　一个离的理由
呵护脆弱

枯了的心

枯了的心　蘸着血
裂碎了　也平不了幽幽的闷
不是痛　不是苦　无法哭　无法醉
糜烂将是唯一的看官
抽烟又怎能点燃死沉的夜　烟灰又怎能散落沉沦的悲
等待天明是一种误解　重新开始等于怕没有结束
愤怒弥补不了苍白
单纯终究会怒了苍蝇的追
绝望能不悲观?
怨谁? 怨谁?
上帝的昏睡

春雨

春风拂了虚荣
雨
点点滴滴
眼里的湖里的水里的
叶枝——荡荡的魂

魂

半梦半醒之间
一片叶划过
清清的
空空的
魂

我是天使

我是天使
我相信　因为我每夜都在梦里飞
世界在我的眼里真的很美
社会和芸芸众生在我的眼里那么的可爱
我看着人们掩饰着自己的欲望
我看着人们虚伪着自己的意向
我看着人们坚强时的可笑、懦弱时的可怜
我觉得他们永远都是孩子　永远都那样可爱
当人们指指点点的时候
当人们这个不满　那个不满的时候
当人们吃饱了　睡足了　不以为然的时候
当人们把爱情和婚姻赶上市场的时候
我觉得他们好可爱　就像孩子那样看着一块糖
总是想着如何独占

我是天使
因为我飘在这个红尘
落不下
世界在我的眼里总是那么的透明
人生在我的眼里过于短暂
社会在我的眼里是一种必然
我希望这样一直飘下去

我不想落下　不想按照一般人的模式过完这来之不
　　易的一生
我要俯视这个星球　我要吻她　虽然她有点不太理想
毕竟意志永远赢不了客观
当我在夜空化作流星的时候
眷恋将是我遗在这个绿色星球上的唯一的想
这么美丽的星球　为什么每天都有人不满?
这么短暂的人生　为什么每天都有人问 "为什么活着"
这么和美的四季　为什么还有人等不了短短的几十个
　　春秋而自杀
这么圣洁的爱情　为什么有人把它当作堕落的入口
这么纯洁的性　为什么被世人搞得如此的肮脏
噢　这些让我很失望　但我很理解
这是必然　有欲望的地方　就会有变化
有变化　总是有希望
多可爱的红尘啊　你让我憧憬　你让我幻想
虽然我像个不落的秋叶　虽然我不能一一试过人间
　　的悲欢
但我能感受到那么多味道　那么多颜色　那么多形状
那么多思想　那么多欲望　那么多迷茫　那么多自娱
　　那么多无奈
那么多麻木　那么多遗憾　那么多痴情　那么多残酷
　　那么多凄凉
多么丰富　感谢冥冥之中宇宙给了我一次机会来读这
　　个多彩的画

我是天使
请不要关注我的丑或美

请不要关注我的矮或高
因为我美的地方你看不到　我高的地方你也看不到
我的一切不会妨碍你们的自由
因为我在你们看不到的角落
如果你有快乐和痛苦　可以向我诉说
我会把你们的心带到远离海拔的地方　让你重新
　　看过

春夏之交

笔涂写着迂回
心涂写着无奈
燥热让红尘更得势
深山含泪看着隐士
寂寞的自由好苍白

熟透的海滩上
满是橙红的色
不变的轮回翘起
丰满的臀部
几个孩子穿过
裙子望向另一个世界

流光

流光　让人心碎
流光　让人心醉
流光　拽着长长的尾巴　诱着你我的向前
呼声越过了头顶　穿越了荒原
清风穿越了灵的眼　那一片片青草是否在等待着白
　居易的火
这火烧了多少个世纪　这火毁了又复活了多少个精灵
那花瓣逸在水的影子里　迎接着一拨又一拨的祈
坐在时光的船里遨游这个可以不死的世界
死那只是肉体的腐化　谁能料灵魂的去向
也许那时光刺在亡的唇上会激发爱的高潮　会激发
　性的升华
就让我们站在时光的发尖上挥洒我们的笑　挥洒我
　们的泪
挥洒我们的无奈与迷茫　相信我　上苍在看着你的
　美妙的姿态
我们没有美丑　没有贵贱　没有贫富
我们只有快乐与痛苦　我们只有爱与恨
让我们吻住时光的唇吧　那唇是那么的性感　那么
　的一颤一颤
吻住吧　不要迟疑　不要松口　不要说话
就这样一辈子　就这样噙着这种生命的感觉
不要想着它的流逝　它永远与我们的心同在

临界点

脉搏握在手　红色的象征流过
这个临界点　跳动着疯狂过
落下在叶子的腐烂中　默默哭啜
一点点喷出　那绚烂的云彩　捕捉着灵魂的记忆
跨过几十条河　踩过几十个山
趟过几十条街　穿破几十个鞋
把一个个蚂蚁踏在脚下　骄傲地昂起头
这个临界点　跨过了晚霞　落在阴暗的角落
那一线光芒从空无直射西天的极乐
夜夜的曼舞　夜夜的吹箫　在这个临界点落下
化在软绵绵的泥里　拔不出那一丝丝甜蜜
膨胀　膨胀　膨胀　似乎这缠绵的感觉裹进了丛冢
这个临界点　卷走了人间所有的悲伤　所有的悲伤
片刻舔着彻天的白光走过生与死的灵界
海里的音乐不远万里奏响了几个世纪的期盼
聚到了一个针尖　那线慢悠悠地走过　走过
往前牵着　牵着　滑落　滑落
这个临界点　透视着世界　还有什么好说

往事

我用蹒跚的脚步
锤击那陈年往事
那一个个阴暗的头颅
晃悠晃悠地从我的门前溜过

来

来
我能让你看到极限的灵光
极限的气流冲击千年的冰川
来
让我把你带到夜空中
自由地失重
让我帮你闭上那眼那心
让我闻闻你身上的魂
来

岁月沉思

沉沉的脚步　拖着思的枷锁
苦苦地挨着　一步一步　走向虚无
这世界的灵光　吞噬了灵魂
这苦这痛　这无奈的终结　在流星的尾巴中明灭
就在那彗星流过爱情的片刻
一个陨石坠落一个情种
那顽石　在草层中　茫茫地寻觅
望着　并不寂寞的红尘
憧憬着　早晨的太阳　月初的月牙
呵呼着　黑压压的蚂蚁　吵热一片天地
爬上了树　爬过热辣辣的花
把腿一抬　微小的动作　完成了一次生命的升华
这沉思　与那香一起飘扬　与那花一起飘落
不经意间　感叹　生涩的果子
什么时候开始最开始的一点点
这沉思　就这样堕到了人间
在风中　在雨里　点点滴滴地感受　剥落
在阳光下　感受黑暗
在黑夜中　寻找光明
这沉思　就这样转动着岁月的年轮
就这样　抛弃了世人　独自前行
就这样　无奈地挥手　噢　岁月　你永远在刻
　在我的心中

人世沉思

我透过薄薄的屏幕
沉思着里面飞舞的灵魂在等着谁的电波
但电波真的能疗治那穿白衣的人无能为力的慢性？
一定是生活的水中少了点什么成分
我透过一张张鲜艳的图像
沉思着这美丽后头也许是丑陋
但丑陋又能代表什么？
一定是为了掩盖那灵魂的跋涉的棱角
我体会着两个人沉思的不同
沉思着沉思是从有蛋之前就有的　还是有蛋之后
　　才有的
但不同的蛋在世人的眼里有什么不同
它们也确没有什么不同
多少个世纪了　它们还在进行着同一个使命
不过我现在嚼到了不同

后悔

真正的累了人
真正伤了的人
怕是爬不上那似乎不高的山坡就已经倒下
就躺在地上望着夜景　望着星星
噢　以前我怎么没有发现　它们这么美？

终于岁月的绳子在水幸灾乐祸的欢畅流声中
把我吊到了苍老的山上
就在这孤零零地待着吧
迎接下一个报名的人
这夜色也真是美丽
后悔当年没有把这闪烁的星光涂到脸蛋上
没有把这宁静的黑色涂到屁股上

小女人

能把水变成云彩的
能用云彩遮住星空的
能把星星洒进男人的眼睛

融化

把你的心高高抛起
轻轻落下
落入她的眼眸
融化她的羞涩

伤在岁月

年少的多情　那么的仓促
一杯杯酒喝下　以为那就是洒脱
把烟当成最好的朋友
总把痛藏在最深处　让时间抚慰
那伤谁能看出　谁能懂
只想一个人静静地坐　看着月起月落

天终究亮了
太阳没有给我欢乐
只给了我奔波的恐惧
这世界谁又能真正地自由
每天都在爬向将来

我在这个岁月里慢慢沉没
恍然梦醒　雪花从眼前飘落
我开始明白了白发的轻盈　那沉重　哪有?
藏得那么严密!
待我弯下僵硬的腰根根拾起，根根吻过

那夜下的你

静静的夜　拥着那一叶空中的碎片
是谁割去了　她的完美
让她孤零零地　望着这片大地
燥热的红尘　迷漫着　她的眼滴着
一、二、三
两个情侣数着　淡淡的流星
谁知那是泪？

那一扇窗　永远地开启着
呼吸新鲜的黑色
沉进身躯　酿成如茶的酒
待岁月爬过梦的山丘
待理想放在箱子里陈旧
再喝一口
去跋山涉水
去射雕斩蕨

调皮的五月

五月被我托在肩头
轻盈盈地走过
它想爬到我的睫毛
固执地认为那里藏着星星

五月被我放进被窝
暧昧地温暖着
它总是在半夜撒娇
调皮地摇醒我一起谈论过去

五月被我踩在脚下
自由地滑翔
它总是在我不经意时起跳
把我抛向空中却私自溜跑

五月被我吻在嘴上
放肆地亲密
它想把我的嘴永远堵住

取下他的心

他把心凉在空中让风去洗
一个个友情的风筝总是把它撞得颠颠簸簸

期待一个平静的爱情
把他的心从空中取下
放到一个无人经过的角落也好
只要她能把季节的雨接一点来洒上
不让他的心干枯

爱情的狗

在他摇着尾巴找买主的那年
遇到了温柔、美丽、善良的她
她把他带回了河畔
洗净了他全身从窝里粘来的草

她给了他一个无处不在的身影
从此他不再守门
而是守心

网络

我看到了远方
有个星星在闪光
那是谁的眼睛　在梦里向我眨

我看到了希望
有个温柔的声音
响在网络上

我充满了幻想
有个美丽的影子
在我的心中晃荡

乞丐

他漠然地下跪
膜拜寒与痛
他茫然地站起
听着叫嚣与欢笑

白天
灿烂光明
苍白而四处浮尘

黑夜
深沉寂静
寂寞而凄凉

旧照片

找出一袋旧照片
一百度的寂寞感
......
照片里的笑容和眼神
总是那样憧憬着未来
我现在来到了那时的未来
他们仿佛在望着我

往年的情谊又重新烧起
我的泪滴在发黄的照片上
又点燃了新的一团

牵强的老成在照相时随着一声"茄子"掩盖
当我真的老成时却是如此地怀恋

玫瑰

杂乱的床上
我用眼神刻画着天花板
凝住的眸子组合着一个个自由的光子……

似乎看见了玫瑰的影子
在上方飘
却又看不清它的颜色……

有人在敲门
我不敢眨眼
怕那玫瑰从我的视线中
逝去，逝去……

旋

沉重的磨盘旋碎了完整的米，柔软的粉才能捏成团
分子结构没有变
变的是粗细
磨臂载着年轮　磨臂载着憧憬
旋之　在家人的欢声笑语里旋
旋儿转而苍老了母亲的一圈一圈轮着的手
旋于难忘的我的童年

舞

一线月光
化作一片芳香
弥漫
舞旋
没有边界　只有畅想
他张开双臂
拥抱无限清纯
温柔
将他片刻溶化
他与她
共旋

打架四步曲

1

左腿踢右腿
右腿踢左腿
两腿之间
可以自由攻击
我构思着最狠毒的招式
决定打垮它们
不让明天——
它们一个向东
一个向西

2

五月
烦躁地
离间了我
——在我流鼻血的瞬间
抛起我的左手
打肿了我的视线

3

我的左手牵着右手
从未想过干戈

我想有没有女朋友都无所谓
就在我无比信任它们的时刻
它们翻了脸
左手说右手不够温柔
右手说左手不够强悍
它们毫不犹豫地开战

4

美女
不失时机地来讲和
我的左手推推右手说："快牵她的手"
我的右手推推左手说："快牵她的手"

抓住一种光明

他在光明的照耀下挥舞着灵魂的棱角
心中的狂涛　欲望冲破身的枷锁
连着火焰　将太阳烧成了绿色
他流着淋漓的热　疯狂在暴涨、暴涨!
千年的孤寂
在晶莹四溅的眸子里
他用拳头捣碎了欲望
把浮躁的性情
压进一列列诗行
死诗
被他晾在月光下
把自己想象成调戏嫦娥的八戒
夜夜望着那远方
他在草木苍茫的古峰上
狠狠地砍伐

林荫道

窒息的灵魂终于松了一口气
跟着鸟儿尽情地跳跃
在叶隙里窥视夕阳的潮红
在树根旁向那白发的老人投去温柔
朝露吻过这里的每一片树叶
老人的手颤抖地寻觅
在渐渐暗淡的天色中没有找到一丝痕迹
拐杖点击着落叶，无意地伴奏夜精灵的欢呼
吸着老人的生命，撑起了黑色的夜
远处的星星，模糊地眨着眼
滑进了老人的眼，不经意地滴在了路上

泰山的雨

女人是雨
在泰山的腰
郁郁前行
那眼看透了泰山的天门
看穿了初起的朝阳
她在祈祷
那丝丝的雨
顺着山巍巍地滑下
女人老了
流到了泰山的脚
雨依然在下
泰山的雨
从那轰隆隆的一声响起处
开始倾诉
那凄美的情思
绕着那沧桑的岁月
绕着世俗的焰火
绕着红尘的眼眸
开始绵绵地下

烟火

我把群山踏低了头
在顶峰的突兀的大石上
俯瞰人间的美色
那泪哟从烟盒间流过
寥寥的烟扬起
从那烟盒上
一个个疲惫的灵魂正在烟盒里烧烤
那泪的流哟正对着天河
点缀的星星正在发着银白的光芒
神圣
渺茫
遥远

我开始打量四周
看见了野猪那黑黑的排泄物
这四周黝黑的苍林哟
除了我还有哪个吃着人间烟火的人来过？
也许那在远古的此刻
夕阳西下时拿着石器的人们正在此地烧着一天的猎物

我仰首嘶吼
撼动着遥远的空谷

回应来了
那是否
我唯一的知己在远处回应我？

湖边

我徘徊过、离开过、回来过
这里的湖水是咸的
每人捧起一滴入口　苦的、辣的、甜的？
我们的眼泪滑入
激起一丝丝涟漪
让我　为此谱曲
一种旋律　两种心情
你的魂魄　溶入我的眼眸
延伸在天际的角落
我说　爱我的
是流星的余光
落入湖中一闪而过
谁知何年何月何日何地我们的灵光会再次相遇

诗词歌赋的血液黄了又绿　她的神韵依旧
她洒着热泪却冰冷的寒
她暗恋着谁
谁的诗歌就会幽香
诗词歌赋的情结把我的心死死地纠缠

魔鬼

他从没有逃避过罪恶
他无可选择地让魔鬼来替代天使
撕掉岁月与文明的面纱
快意地刺破，接受魔咒

美丽的天堂
被魔鬼带走了
他又来到了人间
他开始收拾
魔鬼的遗物
对魔鬼他无从恨起

魔鬼来了又走
带走了他的贡品
在他完整的灵魂被一起切割时
他最后一滴清明的泪水
滴落
差点杀死了魔鬼

最后魔鬼钻进了亚当的身体
亚当认为自己有了魔鬼的魅力
而魔鬼的诅咒没有停止
不幸被夏娃

当成了优美的歌曲

他还在么？
放纵的理由是对文明的背叛
生命是冲动
千古恨难防一失足

他还在的
经历过那些噩梦
他正在清晨用凉水清洗

睡醒

他枕着自己的烦恼入睡
他的魂魄在天河与地狱之间游荡

那一轮红日在黑暗的宇宙
喷着长长的火舌
我飞去背负
它烧得更旺

那一个个带着镣铐的使者
正在秘密地交谈
他匆忙地奔过一个个泥沼
来逃避无形的捕捉

他洗净了红尘入睡
他的身心在一片清新的星光里深呼吸

那苍翠的竹林
顶着那一滴滴伤感的星光
我畅饮着伤感
忘情地流泪

他抱着幻想入睡
他忘记了所有

那一个个美妙的音乐
那一个个温馨的花朵
我悠悠地飘荡
听着鸟与我对话

他醒了
他还欠了尘世的钱、饭和情
他被讨债的红尘吵醒了
他再也无法入睡
他的四周充满了强烈的火药味

生命的意义

生命的扁舟
破了
咸咸的海水烂了心灵最脆弱的防线
浪漫的季节
走了
白白的雪花如此的飘逸
冻僵了所有幻想
海面的浪平息了
正有一个鲨鱼在四处觅食
绝望的生命垂死挣扎
活与死　在这一刻　明显地扩大

离别

那一个丫头点着一盏明灯
望着天
在白天里
路人以为她是傻子

那一个丫头用眼含着星
照着明月
在漆黑的夜里
世人以为她是疯子

那一个丫头送走了白天与黑夜
已经没有第三种选择
于是在白天与黑夜的交界点
离别

氤茗

缥缈的精灵溢出
从口的思索中蔓延
云雾里的仙子成了自己的影子
点滴地落入自己的心扉

方圆的口径
平凡的绿
灵魂的水
温柔地撞击在一起
涟漪中荡起了几十年的红尘

眉里的霞光、眼里的星光
一次次地闪
从碧水中看见了憧憬与心酸
一次次地落泪
从碧水中获得了共鸣
一次次地陶醉
从碧水中灵魂做了无力的挣扎
融化！

云舞天堂

云的眼睛
望着我的眼睛
一千里　一千年　一千个姿态　一千种心情
澎湃着
潮水上的海鸥

那一个捡贝壳的孩子
放弃了所有的行囊
抛到海里
放弃了所有的虚荣与欲望
抛到云里
灵魂得以解脱

舞
舞起来了
一片云　两片云　满天的云　漫天漫地的云
云塞满了天堂
我在云的雀跃中醒悟了自己
就是那个孩子

我放飞悲苦的笑　放飞留恋的泪
哦　那风　那雨
从天堂上汹涌而下

拥着云
舞!

我说：
"云，
让我们呐喊吧
让我们向红尘挑战吧
来拔出你的剑
拔出我的剑"

哦　那雷　那电

人间宁静了
那一个个浮躁的灵魂安分了
不归的男女终于回到了家中避雨了
哦
这正是我所期望的

云
再舞　再舞
把人间舞成天堂

半点

静悄悄的一个早晨
送走了
雨和风
孤独地
走过漫长的水
冰寒漫过甜蜜的记忆
这半点
消失般地闪现
在迷茫的疯癫
这半点
散落的雨点
透着背叛的味道舔过被风绞杀的脸

一点

影子
被吹弯了
我含泪看着
我在影子的包裹中叹着
谁怨你?
这天
把鞋全部脏了
雨
风
伞
空气
人群
背叛的伤痛

一点半

这是一点感觉
从那黑黑的时空里
遗忘而又复生的感觉
没落的
瞬间繁荣
当再次接受上苍的寂寞
开始了半点
背叛的影子拉长
在门外徘徊
流泪的孩子用哭泣撞向夜的苍茫

夜蓝

理解的思绪
幽幽的蓝
滋生着远古的期盼
在云海里
在草原上
蓝色的心情
自然的呼喊
为苍生祈祷
为真情洒下心的汗
冷冷的真情
淡淡的人生
忧郁的眸子
倒影着不堕红尘的灵魂
覆辙了人们的足迹
在共同的目光中
捕捉流星
用流过夜空的蓝色
书写命运与你的天真、单纯

沉默

将心伤裹起
放到云海
等待渲染
过去的
何必回忆
已碎的
何必拾起
人生的风帆
总是破了又缝
缝了又破
在茫茫的大海上
流泪
静静地流吧
不要出声　不要呐喊
那天真的孩子
那单纯的爱情
正在酣睡
她纯真的梦想
蔓延过我的胸膛
不要再说话
我正在为她采摘月光

忧郁

远远地看去
忧郁
藏在隐蔽的角落
淡淡的笑
荡起的
还是忧郁
静静的夜里
冰冷的远方
无力的手覆辙无力的愿望
一点点地失去
一点点地拾起
一点点地收藏
忧郁的记忆
忧郁的梦想
忧郁的春
忧郁的夏

春夏之交

春色的遗留
在夏的角落中
拥抱的黑暗
无力挣脱永恒
记忆无处洗刷
来的都被一个个地宰割
死了的
投胎
转世
有一个活生生的接口
闪过
阳光一泻

天

天的尽头
认识天
天仍是天
灰灰蓝蓝的色
带走了尘土
带不走心头的心
俯视
仰视
都是茫茫的天
天的里面
被充斥在天的外面
天的外面
被压缩在天的里面
缩
胀
挣扎
无处逃逸
毫无障碍
不心甘情愿
又心甘情愿
在这个宇宙里的宇宙里

选择

眺望
一点光明
努力
用心清明
三个月亮一个太阳
飞了一圈
艰难的选择
选择的目光
在泥沼中跋涉
跋涉的脚步
弃置豪情
钻过一个洞门
逃过一个龟门
四处空空
无人应

海

喷出了
深深的泉水
接应寂寞的山
绕在腰间
直指传说中的海洋
缠绵的悠扬
一点点体现深处血的温暖
融化了孤独
融化了死亡
融化了绝望
前方有海洋
海洋就在前方

梦

混沌
潮湿
不停地转
不停地打量
想吞噬玉色
想提前叶落的悲伤
二十年的林荫道
二十年的头顶月
二十年的冷床
梦啊
梦
梦就在怀里抱着

冰

也许吧
追寻
不过是游走
时在上游
时在下游
迎面的倾听
错过了春与秋的交合
遗憾在冰的底层
敲打　嘶叫
无奈田园的清静
消失了所有的噪音

螃蟹

那只金黄色的螃蟹
变成了爱
在我的眼里
它的爬行
扯乱了心的跳动
本想无限地挽留
但它的消逝
注定命运的冷酷
无法派遣
那封藏的回忆
针扎存活的生命

企盼

夜里
有星光
沙沙地述说
企盼
在路旁熟睡人的梦里
用清凉绘制美梦
嘴唇的颤动
享尽了人生的快乐
静静地
在路人的眼里经过
多少年
凝缩成一秒
一滴泪悄悄地
干枯在梦醒的清晨

酿

想照明眼外
用眼内的神思
一点点地收集
再一点点地释放
逃脱不了红尘
便将红尘酿成清凉的风
吹过百年后没有灵魂的尸体

孕育

转眼间
孕育宇宙的
没有了名字
留下的欲望
旋转着整个天地
所有的颜色都淡了
化成云彩
又在雨点里将人间涂得斑斑点点

昨天

到处都是你的
你张开双臂
拥抱你眼中的白云
总是走在明天
述说昨天
唯有今天
被你做成了梦
诗就从梦的眼里流下

辗转

你辗转在两地
山黑了
水寒了
路拥挤了
你将晚霞装在口袋里
默默地数着远处的村庄
你在来时的路口坐着
闭上眼睛
把微笑留在嘴角掩饰回忆

谁

谁的眼睛湿了
谁的心酸了
谁整天惦记着
谁一遍一遍地在地图上寻找着
谁在梦里呼喊着
谁在梦外凝望着
谁
还有谁
能一成不变地牵挂着

影子

他的影子不断地插入她的视线
他的影子不断地晃动她的眼前
他的影子不断地撩拨她的思念
他
把影子挂在她的梦里
他
把影子塞在她的怀里
那影子
绕过她的指尖
又绕过她的心尖

如果

如果
这里只有
两人
世界中
只有你我
我茫茫地追寻
回音
来自何处

如果
这次
茫然地失落
何处
有归路
失落的记忆
能否刻下
岁月的悔

如果
来年昙花再现
瞬间
来自灵魂
还是来自肉体

转出一轮新生
可否
预示佛的言词

陶醉

说不出
哪一次是最美的时刻
我把自己放弃
在悬崖峭壁
望着她的飘舞
依偎在我的心坎
一次次抚过浩瀚的大海
晚霞堕入眼帘
说不出的酸
总被甜蜜无所顾忌地熄灭

诺言

张开
最原始的
关闭
最担忧的
放飞
最憧憬的
忘却
最心酸的
简单的一句
足以慰藉
远离和迫近的
唯心的情愿
足以战胜
高贵的和卑贱的

迷路

迷路的时候
问夜
无语的宁静
休憩
在黑色的背影里
将裂缝淡漠
重重地
压在心头
不欲卸去
无力的挣扎
最终是失败的企图

慢慢地
躺下
让一切尽情沉入夜的深处

迷失

我握着命运的手
静静地
紧紧地
我害怕它的逃逸
将我抛弃在
无人的荒野

但我却在命运神圣的手中
将它的安排搅乱
最终迷失

等待

没有期限
岁月的皱纹里
爬过的是等待的喜悦
那风尘的蜿蜒里的舒展
张开双臂
迎着远归的牵挂

昨夜

忘了明月
窗成了焦急的眼
恨不得进化成翅膀
捕捉逃逸的情
抬头送走朋友的马匹
等待
伴随着夜流淌
酸痛不如泪水的淋漓
把十二个小时
都刻在自己苍老的心房

谅解

他原想
把这里当成悬崖
跳下
诀别
总在最后的时候
怀恋生的望
最后
只能攀附在谅解的树上
苦苦挣扎

十字架

钉在灵魂的深处
你急促的呼吸
诅咒天堂里的香火
一圈圈人间的梦想
在瞬间泯灭
春风的林子
为十字架培育了一个个未来的影子
同样的生气勃勃
被不同的眼神所幻化
在红尘的喧闹中趋于死亡

梦雨

在梦的神思中
咋醒
空明的寒
在淹没两个世界的差
树巍巍地蹈着月的歌
遥望
一种
凝滞
雨
滴在心的漩涡里
拐弯
滋生命运

人生

她在我的眼里
编织着未来的摇篮
为命运的孩子
取名
一个男人
和
一个女人
开始背负着山爬山
山的顶端
这两个人在遥望
那最后婚礼

封面

看不清
里面
从一个角度
慢慢素描
斜视
这个世界的目光
打量
红尘的苍凉
在一幕幕故事的前后
默默地闭上
看清的欲望

爱的透明

没有颜色的空气
爱洋溢着
从一个角落到另一个角落
距离是透明的接口
穿透
一点点失落
将所有的温柔拾起

透明
在心里成长
爱的眼光
照亮了未来
远的
近的
你的
我的
将来的
过去的
都实实地踩在脚下

三部曲

把折断的翅膀
化成泥土
开成美丽的花朵

在这美丽的花朵没有谢去的时刻
望着它的笑脸
闭上我流泪的眼

和泪水一起溶化
超生自己的灵魂
成云彩飞翔

理想与现实

我
向天空伸手
要白云
踩在脚下

我
向大海伸手
要波涛
踩在脚下

我
两手空空
知道了
天空和海洋听不见我的呼喊

我
开始行走在地上
看着鸟儿飞过
看着鱼儿游过
不屑岁月从指间流淌

泪水

泪水
溢在眼角
两个人的心伤
一个人的落寞
一句戏言
阴沉了眼眸

泪水
藏在心头
酸酸地
委屈
却没有理由
静静地将它串成岁月藏收

泪水
将我推进夜幕
我脱下外衣
感受寒冷与寂寞
几千年的呼喊在前方绝望地昂头

心忧

她
走在街头
恬淡的泪水
洗尽他的所有
他默默地在这里
守候堕落
这黑黑的夜
他茫茫地看
前方尽是灯火

她
在哪个角落
明亮的眸子
光芒有了暗淡的理由

再将心卷起时
怕月光已逝去
于是
他坐在黑黑的夜里
堕落守候

九月天

九月天　清清爽爽的
挥洒下铺天盖地的黄
波涛汹涌而至
在中华大地的
山水上　随心所欲地抚摸

月色
清醇了那秋风
我饮下　品尝
清凉入骨
如诗般温馨
全身的激情宣泄得淋漓
看　那一尾流星

踏入星河
中间含着大黑洞
我把身躯插进
看到女娲多姿多彩地舞；
白云飘! 天已经补好!

我哭了
把千年孤寂　和
一身热血调成酒

献给她
如燃烧的冰
她抱着我呓语：
我们天破时分手
现在天合了我们重新再来！

可是　这个行么
她是神仙　我是人
我跟她说：等我。
我自杀了
把灵魂抛近那黑洞
飘荡着
爱神在喊：
你干吗？女娲已经
下凡做人。

我箭步冲上给了爱神两耳光
大雪擦过我的脸颊
冬！

往事

往事从每一寸土里爬起
唤着我的名字
它看见了我的伤疤
拿来止痛药
我微笑着看它给我裹伤
当我的泪水滴在它的脸上
它拿来手帕
我说"你走吧"
它恋恋不舍地钻到地下
我蹒跚地迈开脚步
将止痛药从身上撕下
贴到了心上

堕落今夜

今夜
我的眼眸
被另一个眼眸替代
我孤独地在这里
把诗做酒
用汗做墨
我呆呆地凝视
曾经的夜空
一样的街头
一样的冷清
堕落
没有过的解脱
在今夜
愚蠢的痛苦
红色
橙色
黄色
绿色
青色
蓝色
紫色
我一样样地摸过

中秋夜

酸胀
有一点
昨夜的月色
展眼望
边陲的硝烟
来去的影子
稍作停留
复来去
谁的眼睛
红肿
中秋的晚上
月饼咂上一圈圈牙印
记载年岁
一点点甜加上一点点咸

不离不弃

当她用朦胧的双眼
将他唤醒
在春的末梢
夏的眉睫
无语的背弃
将是深夜的雷
被熟睡的孩子
创始成噩梦
于是将床前的帘子拉下
在黑暗中
摸索人生
一点点的记忆
重新拾起
小心地折叠
成了明星
划过心坎
刻下
不离不弃的时光

白与黑

梦想
衍生在路旁
红尘的硝烟蒙住了眼
黑成了白
在黑夜重获光明

现实
追杀着
一群群流浪的婴儿
死掉　又重活
行尸走肉的僵尸
开始快乐地生活

母与子

红红的太阳
抹黑了农妇的脸
农妇慈祥的笑容
抹红了孩子的脸

"走"
农妇抬起粗糙的手
混浊的泪水滴在孩子出发的路
孩子挥起优美的弧线
在手落下的瞬间
消失在没有去过的路

私奔

逃离
不要行李
两颗炽热的心
一起起跳
不要告别
两颗纯洁的手
一起紧握
从红尘的缺口
冲出
在静静的夜里
没有人知道我们的下落

生活的情调
开始装饰那个山洞
没有了
纸张与笔墨
我们
躺在地上
涂写天空

远行

当他展开疲倦的双眼
当他收拾远行的包装
匆匆地
他向她展示心伤
爱的柔软
放下后
不由得屈膝
从幽深的眼里
寻觅
出发前的牵挂
把带来的梦想
毫无保留地
握紧
在她纯洁的手里
慢慢品尝

怀念诗人

诗人
在自己的影子里走路
黑黑的
墨水从眼里流出
涂抹夜空
诗人的黑夜更黑
看不见光明
诗人点起心中的明灯

诗人
只爱一个女人
这个女人完全的纯净
诗人的写诗的手
在红尘中已经失落
只有这个女人清醇的泪水
能让它复活

诗人
没有足迹
诗人走在自己的上空
当你看见熟悉的影子
熟悉的声音
不要怀疑它的真实
那就是诗人

怀旧

我以为
天从地始
将过去串起
记忆就成了天堂的火种
我以为
生命了无痕迹
梦里就是梦外
梦外就是梦里
只待
失落的感慨将心情的花朵吹碎
我以为
这世界上没有人将更为美丽
那时的夜
有自由的生灵
一起膜拜
当深谷里响起不知名的钟声

揉情

淡淡地凝视
双手
将真情揉开
在时间的空隙里
把心思放进沉默
微微地笑
含情的双眸
净化
最实的甜蜜
从岁月的瞬间滑过
两个心
分解
记忆的雷同
云窥视后
两个方向的移动
哭了
河流的水
流过心的沟壑
在
苍茫的红尘中失落

别再伤感

走吧
孩子
带着你的忧伤
熟悉的影子
在云海里
洒下的雨
记忆的种子
总在不经意地播下
走吧
孩子
带走你的悲伤
让它清醇地赞叹这伤感的时光

斜依船头

远洋的风帆
指向
曾经纯净的眼眸凝视的方向
在一条无限的延伸中
浪尖的起伏
捕捉理想的最初
豁然失去
惦记
花开的失落
绕着天意的一圈
最终汇聚眉头
忧伤
在冲破死亡的媚笑后
斜依船头

舵的颤抖

不懂得
悲哀的源头
在弯弯的船后
一圈圈的涟漪
伊人的泪
瓢泼的记忆
漫过心灵的底线
隔夜的雨
远方的风
将她的思恋
在痛中沉淀
呼喊
在舵的颤抖中
对着前进的夕阳

丢了一季

丢了
魂魄的消散
在窒息的烟尘里
往昔的日子
一点点地穿梭
针刺着
看不见的望
一点点绿意
在滋生的开始
同时凋落
丢了
在时间的空隙里
丢了
在距离的叹息里
丢了
在惆怅的心情里
丢了
茫然地走过一季

寂寞是一种自由

这燥热的星球
黑色的夜里有几双明亮的眼
这猩红的水平线
星空能让几个梦乡真的透彻
这寂寞有几个灵魂能够解析
这自由有几行泪水能够抚慰
不要将肤浅在大地上涂抹
不要在天空上寻求欲望
寂寞的自由
在深山的苍生里得以生还
寂寞的自由
笑看一切荣华
寂寞的自由
无奈地让过大道给世人走
自己独自在黑黑的夜里
寻求

记住昨天

昨天
在世人的眼里欢笑
在诗人的眼里流泪
昨天
惦记着情人的明眸
将枯萎的花摘下放在唇前
用清澈洗过
在脚步间捕捉飘浮的往事
茫然里
看见她的身影依旧
哭与笑
总逃脱不了昨日的诱惑
一点点地失落
直到被西天的云彩
轻轻地拂去
背依着晚霞的老人
双眼
沉淀在昨日的清泉

碎片

碎片
沉淀在伤感的眼里
走不出牢笼
被西天的风尘吹去
在晚霞中眺望
远方的归途不见游子
漂泊的记忆彷徨在车水马龙的路口
看不到行人的足迹
雷雨击碎了唯一的坚强
匍匐
膜拜远古的血液
在战场的烟尘中
抬起酸涩的双眼
聆听盘古后的碎片
放入心中咀嚼
冰寒的泪水溢过
流淌在苍茫的大地
方圆万里
心的归宿
在爱的魔圈里
裂开又吻合

这个季节

在这个季节
花朵开始鲜艳
整个天地沉浸在追逐的喜悦
天地空阔了很久
终于填充了一点丰收
夜的双手
伸出
在寂寞的深处
荡漾的涟漪
惊醒了梦想
正想逃亡的瞬间
开始背叛
生命的本能
拖着天意的脚
走在午夜的梦后

藏封

将借口用唇涂红
我静静地瞻仰这红色的天空
心底的秘密
用陈年的记忆藏封
带着豪情的刀剑
在莫名其妙的失落中
拾起过早的落叶
用纯净的遐想
装点虚伪的一切
美丽的暂存
摇摆着风的步子
嘲笑期盼的遥远
被窥视的云彩
惊扰
匆匆藏起
背叛的眼眸

毫无保留

看春天流去
留下的遗迹
让无数生灵的心伤透
慢慢的遗忘
终结于泪水的宣泄
不可否认的悲伤
一瓶瓶酒又怎能
替代失去的含苞欲放
怨恨
行李的沉重
不再收拾
最好的告别
是开始而不是结束
天然的分开
祭祀青涩的果子
花已开始凋落

足迹

踏在阴影里
想逃避无奈
暂忘逼债主的怒颜
在无人的小路
端详草的姿态
不小心地跌倒
伤痛
从眉头微微地告别
这足迹
已失去了来路
迷茫的曲折
埋下了
丰盈后的空虚
小心擦拭身躯的泥泞
将足迹拾起
遗忘去路

遗失

遗失了
一串钥匙
在不知名的时空
默默地着急
走到这里
寻找没有头绪的心情
被一个青春的眼
轻轻地搜索
看见的过去的未来
挣扎
在现在遗失的痛苦与欢快
脚步的零乱
映在星空的影子
不停地
数着
两颗心的跳动

麦地

在这片青青的麦地
我们搜寻着
自己的梦想
分享着往日的记忆
散开
束紧的心情
随着青青的风漂移
在我们的双手间
营造永恒的阵地
青青的麦子
被心轻轻地感动
四周
挤满了神灵
将麦仁送入你的口中
品尝尘世最后的真情

沉落

在夜的思恋里
我甘愿沉落
失去
所有的行程
迷在这个小小的角落
失去
所有的最初
找不到返回的路
在路的惦记里
我甘愿沉落
将自己的魂魄
融化
在黑黑的影子里
陪伴你的脚步
在脚步的铃声里
我甘愿沉落
远远眺望你的到来
遗忘所有的名字
用你的真情将我解脱

梦

梦
走在日子里
轻轻地摆布
一切化成透明的颜色
当今昔不能切换时
流水与雷火开始纠缠
空中的云彩
孩子
眼巴巴地望
梦里梦外
刻在
床头的一炷香
沉睡的眼
被寒涛冲破了底线

爱情札记

夜
厮守着
沉默的泪水宣泄
一汪清泉
将心除去燥热、浮华
灵魂深处的感动
蔓延在黑暗的角落
夜静静地倾听
孤独携手寂寞
人生的道路
在月光的眼中
流向夜空

孤魂

漂泊
这陌生的人世
灵魂被风摇摆
被雨淋湿
孤独地寻觅静土、膜拜爱情
红尘阴暗了明眸
七情揉碎了恬静
挣脱
一些虚荣
用心眼品味黑夜
用泪水清洗烦闷

落魄

天坛的圣火烧起
地狱的号角吹起
一棵不知名的小草
在风雨中摇曳
在上苍的眼里
淘气
从天意的缝隙里
溜过
篡改天上的云彩
逃到没有灵魂的旷野
不知所措

寻雨

我在茫茫的山巅
我在疯狂的沙漠
郁郁而行
我的心
饥渴地穿射一汪清泉
在梦的幻景中
化作月的图腾
寻找儿时的向往
放到传说中的线轮编织
一串泪水滴下的时候
脚已经踏上了云彩
但她阴暗的色
笼罩着魂魄
用刀尖
一点点地刺破
用痛宣泄

约会

静静的夜
他等在缘的入口
看她流出羞涩的源头
他静静地端详
他静静地低头
这静静的夜
她说
"有个影子在不远处"
他和她一起扯开寂寞与孤独
将热情的火焰
布满谈过的小路
坐在没有人坐过的
生灵的叫唤
和谐了他和她心的起落
在牵手的勇气来临的瞬间
心中的流星再也经不住寂寞

梦里梦外

梦里
他在诉说
梦外
她在诉说
电话为他和她距离的耦合
这线牵动了他的魂魄
这线把她步步拉向云端
点缀没日没夜的山水画
她和他
住进了自己的梦
梦里忘了梦外
梦外记着梦里
最终
时空的遗忘
把他和她如梦般地纠缠

爱路

"我爱你"
幽幽的声音
夜捂住了多言的嘴
将清新的气流凝滞
带到未来
命运的神灵哈哈大笑
诅咒过去
易逝的年华
在心中
片刻无存
白发挂在旗帜的顶端
宣扬曾经的背叛
"这太世俗!"
他和她掷出纯真的铁石

拜

在冥冥中
你我迷失在无人的荒野
找不到回家的路
寻觅未来
将童话放在你的耳边
它反复地环绕
在倾向水流的方向
摘取
一片叶子
追究它的季节
我们
共同执起
相跪而拜
一南一北

传情

眼
点燃了西天的晚霞
唇
烧毁了初春的草原
片刻的闪电席卷
沉没了呼吸
砸碎了人生
就在那一点点　一点点的缺口里
生灵不得超生
一个个悲泣
撕破现实的面具　再撕破虚幻的面具
向那一发源处凶猛挺进
情从黑洞里迸发
灵魂的种子从此长叹
于是在夜里有了鬼叫
但此情隔世无人晓

水痕

梦
瞬间散落
记忆的翅膀
遗落飞翔的痕迹
在空中划过
水的仰望
影子被一点点地撕破
静静地述说
水的伤痕
泪眼间
温暖与凄凉再现
恍然间
人世已过千年

舞步凌乱

山与水
舞
缠绕的腰带
流过岁月的尘埃
碎步月光
影子飘荡在温馨的梦乡
醉了
曼了
爱了
拥抱了
记在
一个凌乱的步伐
心头的涟漪
藏住了羞红的夜色

惩罚

从命运的指尖溜过
一片空白的天地间
他茫然而走
看不见人烟
只有三个月亮一个太阳供他选择
他只有感觉
在微弱的呼吸中
一切离他走远
回首时
方知
他逃不了命运的指尖
惩罚
在逃避后紧紧追击
他望着魔鬼
思念被他挣脱的天使
遗憾枯干了他的泪眼

慢性自杀

没有血
它仍在无力地流动
漫漫的黄昏
走失的记忆被疲惫地拾起
往事
挂着欣喜与悲哀
狠而准地刺入
心尖
没有血
没有感动
只有一丝气息化作幽魂
闭眼
人世的不公
惶惶地回首
曾经热疼的情
模糊的天地间
数不尽去者
分不清来人

惠民侯

千年的炊烟
吹不灭农家的恩怨
千年的车尘
卷不走苍生的笑与泪
期待
一个上天的星辰
开启人间上锁的门
恩惠从太平洋潮起处闪现殷红的色
膜拜古人
膜拜所有生灵
膜拜天地
膜拜心中的云
无名的诸侯
人民的诸侯
在天道上涂写人间的幸福

忘却

水声
远了
零碎的步伐
不知所措地向前
身后
已经没有了被凝视的感觉
难道这就是忘却？
失落的情在草层中被春秋无语地抚慰
当雪花飘过
那一纸清秀的字迹
多少暧昧从眉头烧起
顷刻又凝成冰寒的泪

爱是什么

风惶惶地徘徊在春的窗外
前前后后
搓着被冬冻红的手
想后退却无法
想离开却不甘
草从容地抬头
仰视
却不经意地
被风温暖的目光触低了头
那缠绵的浪连绵地
在一个平面上抚摸
苍茫的世界
嘈杂的阳间
在这刹那间生机勃勃
泉水清静地流过风与草
源头的温暖催生出无尽的季节

空白

空白的记忆
空白的天地
参悟出痛的感觉
刻满伤痕的树
屹立在无人的山巅
守着明月　守着夜
在狼与虎的争斗前
看着魂火的幻现幻灭
漫长
撕裂了梦的浪漫
默然地仰望
不知流星的祈祷
落在何方何年何月

月亮代表我的心

独品无人的黑暗
熟悉的角落
坐着陌生的气息
一股股意想不到的风尘
扑面
让人窒息
影子开始游走
寂寞的孤独
渴求人迹
共同温暖一点陈年的话题
但
夜　心　月
默默地相对
此刻记忆的酒从心倒流入眼
串成流星的泪
洒落在月光里

他一直在等她

千万个幽灵
迈着凝滞的步伐
都在苦苦思索那闪过尘埃的情
不能解脱
不能超生
在山的深处
四处枯叶　四处泥泞
他
埋着头　等
他
把头埋在山的深处　等
一个个亡灵
来了又走
他没有动心
抱着自己的墓碑　等
等她的到来
哪怕只是一瞬间的影

缘分

一次次擦肩而过
熟悉的脸庞
凝视
无语
清晨的露珠滴落在阳光下的尘埃
不知去向
虽然她仍在这个世界上凝视
茫茫的人群
短暂的人生
延长成一个个慢镜头
追逐着物质与精神
挤压
其中脆弱的缘分
在呻吟
在翻滚

快乐

舞步
悠扬地飞跃重山
水的荡漾隐着心的涟漪
无声的默契
牵动前生今世的约定
在月光下
深入那朵花的香蕊
点点滴滴
轻抚
颤了心弦
快乐的曲子
旋起了生生世世的姻缘

寻觅爱情

卧榻
承载着深夜的情思
难以入眠
月光
带来伊人的影子
没有眼的梦
徘徊在荒滩
继而不停地跋涉
在山谷
在悬崖
在河畔
寻觅
宿命中的爱人
恍然
总有影子从心中穿过
却无法拥抱
一个真实
也许她等候在梦里的梦

无名的孩子

生活在无奈的延伸
这是生命的时间还是时间的生命
无名的孩子
在角落里望着
海里的天里的海
望不到头
无名的孩子
脱光了衣服
衣服照样没有名字
丢在海里
这海也许有名字
但在孩子的心中照样没有名字
无名的孩子
缓缓地仰起头
纵身飞起
但最终落入了海中
他没有哭
因为他看见天在海中

心中冰燕

流星
划过
落入我的祈祷
我把她放入心中
看见一只冰燕
不带一丝红尘
不带一丝炊烟
她从我的心坎飞起
飞翔的风
唤醒了
我儿时无瑕的憧憬

思念

风摇曳在湖边
杨柳
被握在手里
望着远去的行人
不知
时间与空间的裂痕中能否插入思念的情
远去了
我拖着遗憾的离别转身
无力回首
穿过蜿蜒的山路
思念的草木漫过我的头
我紧紧地拥抱这些不能说话的生命
你们是否也在思念那曾经在此留香的美人?

背影

靠着夕阳
背影
慢慢地拉长
似乎化作远处的炊烟
厨房里的老人
正在唠叨远处的亲人
匆匆的路人
从窗外
偶尔看见那背影的苍老
没有感动
麻木的奔波
留给人们的只有背影
一个个背影
没有名字
在茫茫的红尘中繁杂地交错

期盼

来往的人群
陌生的眼神
延伸的路条
没有尽头的烟尘
独自
冷冷地观望一颗等待的心
等待中
漫长的痛
涌破了血脉
天没有黑
光明从四面八方砸向枯干的灵魂

一剪梅

雪花
带着天堂的使者
飞舞在嘈杂的人间
活泼的生灵
开始躲避
一切归于平静
天使
重温这银色的混沌
整整一个冬季
火盆前
常年奔波的人们依偎着温馨
当他
开始收拾这个洗礼
发现洗不去雪痕的梅
静静地
凝视天与地
天使的心
痛了
他
握着梅的蕊
剪开了冬与春　死与生

郁闷

长叹
远处来了
一个白发的老人
将人生摆在地上
盘算
一圈圈的人
一圈圈地问
过去
现在
未来
爱情
事业
人生
一杯凉茶
一支清烟
完了
这一圈圈的人
从哪里来的还往哪里去

风凉

依偎
因为心的温暖
爱上了黑夜
风
从明月隐约的树梢间吹来
脱尽了世俗的燥热
这屋　这窗　这床
静静地
在风的怀里
感受
凄凉的变迁
和不变的情缘

平行线

两个眼光
没有接触的点
摄下尘世的繁忙
匆匆地冷漠
同一种语言
循环的季节
造就着同一种性情
又被扯开散入风雨
躲避
在自己的心中寻觅
一个交点
仿佛有了
却不敢睁眼
害怕
眼光的终结
是
黄昏的夕阳

友情

遥遥的
一线
牵动思恋
满天云彩里
她的影子清晰而明媚
不经意地仰望
流星遗落的缘分
甘愿用一辈子
求证
夜夜
在梦里跋涉
千里
万里
抱着友情的气息

友情

你的俯视
落入
我
无言的挥动
手
不由凝滞
任阳光穿梭
在你我的心尖
那线
找不到开始
也看不见终结
这雨
砸在青春的岁月
成了泪
我默默地望着你红红的眼

落泪的屋檐

无数个冷夜
敞开的门
等待爱的归来
在风吹进的流星下
跪着膜拜
祈祷
曾经相连的心
在黑暗里
照亮寂寞的屋脊
屋檐
送走了一个又一个夜行客
拒绝它们的留宿
可怜的人
一个又一个地流去
屋檐
不停地询问
有没有看见一个落魄的人
直到
夜静了
整个人间都睡了
屋檐
落泪了

陌

不经意地相遇
时间掐着脖子
匆匆地微笑
匆匆地挥手
同一个角落
同一个时刻
沉思夺走了
若干年以前
所有的视觉
默默注视
若干年以后
热土
已经铺上了冷冷的柏油

我是傻瓜

纯纯地
从梦里发芽
金光闪闪
短暂的夜
撑不住瓜的沉
当我的头从梦中伸出
眼睛亮了
星星亮了
月亮亮了
树绿了
草绿了
心绿了
我开始游走
追逐梦的继续
就在那个方向
就在那个地方
我寻觅着
我探索着
但我找到的却是屠场
却是悬着一头头牛的麻
我不信
我明明记得这里
是仙人洞

是常春藤
我大声地说着
人们没有理我
在他们的眼里我是傻瓜
可在梦里
我是个踩着云彩的人

星语心愿

贴紧
听心的跳动
安心地闭眼
仿佛一个世纪的长眠
心中
透明的星星
宣誓一个永恒的心愿
将灵魂献出
由她占据时空的沧桑
拾取
散落的记忆
继续上一个轮回

乱

在握着的手心
挣扎
一丝丝摆脱不了的气息
无心的
天空里
看不见的白云
在心中
覆辙来来去去的影子
终结为一个
爱恋
种在
林静的角落
无数个秒
沉默地蕴含
疯狂窜动的火苗

甜

眼
透着
黑色的光明
裹起
春的温柔
夏的激情
秋的缠绵
冬的温馨
在心的海里
载满恋人的船
飘向
月的流光
双双张开怀抱
扑进
只有爱的云海
深深地陶醉在
彻底的甜

蝶恋花　惆怅（看二战片）

夏焚丹心间，
夏焚丹心落，
夏焚丹心壮志灭，
混混沌沌过。

谁提头颅走，
谁提红心哭，
谁提烈日被烧毁，
成灰黑了雨。

一百辈子

漫长的一生
匆匆的行者总洗不尽搅着汗的灰尘
漠然地试图忘却孤独时
一个影子
捕捉了所有的寂寞
从此
时间急剧兴奋地喘息
忘情地踩过人生的苦
担忧人生的短
用完全拥有
憧憬爱的永恒
承诺
一辈子
盛不了
潺潺的情思
许诺
一百辈子
心才开始宁静
爱才完全纯净
性才真正神圣

美女的年轮

一次次的轮回
堕入尘世
用日月清洗
匆匆地出现与消失
在人的眼里
一万个镜子
一万个影子
一万个转身
一万种风情
山苍老了
水却不谙岁月
生生世世
相同的湖畔
不同的红颜
相同地落泪
散开云的影子
惦记不可触摸的美丽
天际传来深深的叹息

天堂地址

自毁的人
被绞杀在自卑的架
上苍
眼的过客又怎能?
雪照样不变方向地洒
钉在血上耻辱
包不进怜悯

信
祈祷宽容
自毁的人　跪　凹入了碎的骨
雨
是不是泪感化的上苍
天堂　漠了　地上
优雅　忘了　紊乱
谁应祈祷?
谁应宽容?

弃
站起
来
地上的天堂　化出真爱
拔去连肉的绑

归
在天上
根
在地上
天堂的地址遗在了女人的盼

古风·葬风情

风已去，雨已去
路上行人，丝丝愁
谁在眺望，我的归途

爱已去，恨已去
一切依旧，梦已旧
物在人易，无意长留

年已去，月已去
长空落泪，化作雨
黑发渐白，豪情皆无

痴已去，狂已去
静夜长思，心闷苦
心渐宽容，无意出风头

幼已去，稚已去
夕阳西下，添心愁
琐事如麻，哪来闲情再娱

依已去，恋已去
白云飘飘，不停留
望天何益，难留伊人住

大江东去，万物生死，千古悲歌！

她的魂

等待
无力观望秋日的枝头落下的黄叶
一丝苦涩
扫过灵魂的心坎
颤抖的时刻抬眼
倩影飘来
喜悦在心头漫了所有脚步
距离
急迫地减少
灵魂
高昂地前迎
却不见了眼前的倩影
一切
瞬间迷茫
一切
瞬间困顿
不知
那是他灵魂里她的影子
还是她影子般的灵魂

一帘幽梦

1

情深无处诉
茫茫一孤舟
泪雨成梦海
夜里守寒心
梦里拥入怀
片刻无处寻
我问天无语
落叶萧萧去
我问地无语
风咽咽如撕
雨丝丝裂魂
心无处存放
一帘幽梦伤
此夜无法过
此梦无法圆

2

窗朝着一个永恒的方向
看着她熟睡的样子
把梦遮在帘中
借星星的眼睛来照亮梦里的路

风刮起来
把梦里的云彩全吹散了
她俯下身子慢慢拾起
小心翼翼地放进帘子里

3

愁无数　梦无边
一帘幽梦可遮天
天无眼　地无情
来来去去瞬成空
看落日归去
闺思无数
轻抚罗帐如梦
飘飘渺渺如云
片刻尽断
无以继
来年他月
叼一线
缝旧情往恋

4

午夜的火车带来了远方的气息
呼吸的声响滚在我辗转的上方
我用头颅的转动抵制往日残留的席卷
眼角的液体被切割成两半
一半留在梦外
一半留在梦里

帘被我挣扎后拉开
正如撕开我的梦
在黑与白
在月与云
的交织中
梦无力地失控
幽思被扒光了
一滴滴地漏下
在梦里
在梦外

5

一帘幽梦冷幽幽
梦里梦外愁无数
梦醒时分月未醒
寒露滴滴湿眼眸

6

只用一支曲子　只一帘幽梦
就勾起了全部回忆
就裹起了全部的情
星星点点的光笼罩着
黑夜的死沉压在海洋　心海

何止深沉　何止怀念
像夜一样的　漫无边际　像泪一样　流不尽

有风声在流淌　有月光在心酸

混着心跳　拌着往事
在耳边沉沦　在床前无声地旋

比旋律更悠扬的是　比苍天更苍茫的是
她的心　她的梦

篝火灭了　眼睛模糊了
失去了火焰　星光模糊了
抹不去那一片灿烂的风情
梦里的一切开始清晰

那是一个晚上　那是一个深夜
有风　有雷
有海　有雨
有音乐的声音　有她的呼吸

7

裹不住
藏不住
此梦无处放
幽幽半夜雨
茫茫无人看
一帘随风飘
一帘随风摇
一帘摇到心碎处
再把碎心抱

8

一帘半遮又半卷，
微雨湿之，
幽幽如渊。
云去月露一残弯，
渐飞远，
徒留寒星。

梦里几时有绿泉？
共饮天水，
心埋地恋。
梦尽两耳闻泣，
掀幽帘，
月光如雪。

9

她来自地狱的深处
她来自天堂的角落
在这里洒下
一帘幽梦
无数的精灵
从帘上爬过
留下的痕迹
篆刻生命的呓语

她折断了翅膀
又折碎了心房

在这里流下
一片泪水
无数的碎片交织着挤来
她窒息地爬过窗格
从帘的缝隙中
望

10

她在梦的眼里
寻找一线光明
她在梦的包裹里
寻找曾经的信
她在梦的发丝里
寻找昨日的红尘
当她无处寻时
捧起一帘星光
幽幽地点缀苍茫的空
寒冷的颜色里
梦的延续无处追寻
缩成一点
坠成
流星的泪

初恋

1

她眼睛流着光芒
她全身闪着光芒
她在他的眼睛里融化
他走不出
他跑不出

轻轻地
初恋来了
轻轻地
初恋走了
一片青草地上
一片真情撒下了
种子
点点地坠落

2

他的蹒跚在梦中挣扎
他知道那梦的边缘满是凄凉
摘下一片沧海
如心　给她
全部的　最初的

她像个天使飘在人间

缠绵

她是弯弯的水
缠绵的一圈
绕进了他的心里
从此
此生
无法忘记
索性把她刻入
无穷无尽的夜空
让爱
在他的眼里
化作最美的月形

爱

爱
一把锁
锁住自由
却甘心寂寞

爱
一条索
拴住了手脚
却甘愿无助

爱
一把火
烧光了理智
却无力抗拒

天边的云彩

飘来的是云彩
飘去的是泪
流向的是
追溯的是一生

天边曾有的守候
月
今夜没有
知音何处

图书在版编目（CIP）数据

那夜下的你 / 朱定局著 . -- 北京 ：作家出版社，
2018. 11

ISBN 978-7-5212-0294-6

Ⅰ . ①那… Ⅱ . ①朱… Ⅲ . ①抒情诗 – 诗集 – 中国 –
当代 Ⅳ . ① I227. 2

中国版本图书馆 CIP 数据核字（2018）第 273253 号

那夜下的你

作　　者：朱定局
责任编辑：秦　悦
装帧设计：薛　怡
出版发行：作家出版社
社　　址：北京农展馆南里 10 号　　邮　　编：100125
电话传真：86–10–65067186（发行中心及邮购部）
　　　　　　86–10–65004079（总编室）
E-mail:zuojia@zuojia.net.cn
http://www.haozuojia.com（作家在线）
印　　刷：北京玺诚印务有限公司
成品尺寸：130 × 185
字　　数：104 千
印　　张：8.75
版　　次：2019 年 1 月第 1 版
印　　次：2019 年 1 月第 1 次印刷
ISBN　978-7-5212-0294-6
定　　价：39. 00 元